청어詩人選 256

하얀 목련

최철순 시집

청어

하얀 목련

최철순 지음

발 행 처 · 도서출판 청어
발 행 인 · 이영철
영   업 · 이동호
홍   보 · 천성래
기   획 · 남기환
편   집 · 방세화
디 자 인 · 이수빈 | 김영은
제작이사 · 공병한
인   쇄 · 두리터

등   록 · 1999년 5월 3일
(제1999-000063호)

1판 1쇄 발행 · 2020년 10월 10일

주소 · 서울특별시 서초구 남부순환로 364길 8-15 동일빌딩 2층
대표전화 · 02-586-0477
팩시밀리 · 0303-0942-0478

홈페이지 · www.chungeobook.com
E-mail · ppi20@hanmail.net
ISBN · 979-11-5860-888-0(03810)

본 시집의 구성 및 맞춤법, 띄어쓰기는 작가의 의도에 따랐습니다.

이 도서의 국립중앙도서관 출판시도서목록(CIP)은 서지정보유통지원시스템 홈페이지
(http://seoji.nl.go.kr)와 국가자료공동목록시스템(http://www.nl.go.kr/kolisnet)
에서 이용하실 수 있습니다.(CIP제어번호: CIP2020037577)

하얀 목련

최철순 시집

시인의 말

삶의 여백을 채우며

많은 세월이 흘러
삶의 여백이 너무 많아
그 공간을 채우는 생각들
보고 느끼고 체험하고
진실성 있는 생각을
글로 표현 하는 기쁨은
삶의 활력소가 되어
행복한 성취감이 되고
어린 시절 꿈을 실현해 나가는 과정이
즐겁고 행복하다.
생각과 체험 많은 생각들을
한 조각 한 조각 엮어서
내 삶의 여백을 글로서 채우기 위해
계속 정진해야겠다.
내 생각을 글로 표현할 수 있는
기쁨만으로 행복하니까.

차례

1부 꽃향기처럼

2부 자연의 서정시

3부   사랑과 인생

4부   흐르는 세월 따라

1장

꽃향기처럼

보리밭 추억의 길
종달새 향수의 노래에

꽃피는 언덕엔
꽃향기로 가득하고

하얀 목련

하얗게 슬픈 영혼은
천사의 하얀 미소로
순결한 향기로움에 감추고

수줍게 가려진 하얀 볼에
사랑의 향기
그리움으로 채우면

사월의 신부처럼
순백의 하얀 얼굴
고귀한 연꽃을 닮아
맑고 청초한 옥란

백조의 수줍음으로
노란 꽃 수술
난초 같은 향기 품어

사랑하는 사람
사모하는 마음
그리움에 담는다

코스모스

가냘픈 긴 목
다소곳이 숙여
귀여운 아기 천사 유혹하면

천사의 해 맑은 웃음
코스모스 꽃물결 속에 숨고

빨간 고추잠자리
하얀 꽃 세상에
잠시 머물다

맑고 푸른 하늘 높이 날아
아름다운 세상 품으면

오색 코스모스 피어 있는
낭만의 꽃길에는
반딧불이
은은한 달빛 축제에

꽃밭에 숨어 우는 귀뚜라미
님의 발자국 소리인가

목화꽃

분홍빛 꽃향기
어머니의 숨결로
하얀 솜꽃 피우면

따듯한 아랫목
포근한 솜이불 온기가
그리워지는 밤

황토방 왕골자리
윷놀이 재미에

따듯한 질화로에는
군밤이 익어 가고

초가집 지붕에
흰 눈이 펄펄 내리면
사립문 밖 삽살개
눈 속에 하염없고

눈 내리는 토담길
은빛 낭만에
하얀 목화 솜꽃이
그리워지는 밤이다

꽃향기 언덕

초록빛 바람 불어와
아지랑이
겨울을 토해내면

아기 진달래
연분홍 입술로 봄빛 품고

청아한 매화꽃
맑은 설중매 피어나면

라일락꽃 향기 따라
강남제비 돌아오는 길

개나리
노란빛 고운 얼굴로
화사하게 꽃 마중

보리밭 추억의 길
종달새 향수의 노래에

꽃피는 언덕엔
꽃향기로 가득하고

오죽헌의 율곡매

수백 년 세월의 향기
맑고 고운 빛 홍매화

꽃향기 듬뿍 담은
선비의 향기로
천상의 꽃 피운 청객

사군자 기품 맑은 숨결
청초한 설중매
달빛 어리는
몽룡실 정기 품으면

은은한 달빛에
선비의 숨결로

연분홍빛 매향
청아한
사랑의 원앙매 맺히고

오죽헌의 향기

빨간 모란의 고운 자태
하얀 목련의 향기

오죽헌 달빛에 숨어
분홍빛 향기로
목 백일홍 꽃을 피워

수백 년 그리움으로
기다림의 꽃비 내리면

몽룡실
검은 대나무꽃
선비의 꽃으로 피어나

육백 년
선비의 깊은 향기 담아내고

호박꽃

연인의 향기
노란 미소 속에 품은
소박한 황금꽃

꽃술에
행운의 복 감추고
별처럼 노란 보석의 꽃

울 엄마 사랑꽃으로
황금빛
영생의 복주머니
함박웃음꽃에 담아

초가집 토담길에
해맑은 미소

사향의 향기로
사랑의 열매 맺어

넝쿨째 들어오는
황금빛 행운

국화꽃

맑고 고운 빛 영혼은
그윽한 향기 품어
순백의 기품으로

하얀 은구슬 꽃 쟁반에
황금빛 보석
가득 담아내면

고운 빛 수려한 자태로
꽃향기 품은 형형색색
은군자 고고함에 매료되어

달빛에 임의 향기
영혼에 실어 보내면

무서리 내려앉은
영혼의 꽃
영롱한 얼음꽃 피워

가을을 남기고 떠난
그 향기로
추억을 그리는 그 시절에

해당화

그리운 사람 그리다
슬픈 꽃이 되었나
기다리다 지쳐진
분홍빛 얼굴

사랑만 주고
그리움으로 떠난
슬픈 영혼
해변의 파도소리 서러워

꽃향기 가슴에 안고
슬픔의 언덕에
애절한 기다림

영혼은 꽃을 품어
꽃길 따라
그리움으로 찾아와

추억의 붉은 열매 맺혀도
그 사람 만남은 그리움 속으로

네잎 클로버

행운의 꽃반지
사랑으로 끼워주던
달콤한 연인들

앙증스러운 토끼풀꽃
하얀 왕관 머리에 쓰고
동심의 여왕이 되어
하얀 미소 보내면

붉은 토끼풀꽃
추억의 그 시절
향기로운 행운으로
귀여운 꽃 되고

행운을 가슴에 안고
찾아오는 네잎 클로버
행복한 영원 속으로

아카시아꽃

아지랑이 밀어내는
봄 향기에
눈 내린 듯
새하얀 꽃
흐드러지게 피어나면

눈부시게 하얀 꽃물결 숲은
아침 햇살 붉은 빛 품어
향기로운 수채화 그려내고

꽃내음 진한 향기
하얀 찔레꽃에 숨어들면
하얀 숲속 아침은
꽃향기로 몽환적이다

청량감 있고 상큼한
연둣빛 향기 품은 숲길

산새들 숲속 음악회에
초대받은 영혼이 맑아오고

풍매화

자연의 정원
바위언덕
수려한 소나무에

상큼하게 내려앉은
소나무꽃 향기

옹기종기 모여
노오란 꽃 대궐 차린
송홧가루

암꽃향기 그리움으로
노란 꽃가루 주머니
바람 타고 정처 없이 떠돌다

암꽃
사랑의 향기로
반겨 맞으면

송홧가루 찾아와
사랑의 기쁨으로
암술 품에 꽃피우고

라일락꽃 피는 날

보랏빛 향기
첫사랑 향기로

잊을 수 없는 그리움에
연보랏빛 연정으로
밀어내는 진한 향기

그 향기로움으로
마음 속 깊은 곳에

그대 있음에 향기를 알았고
그대 있음에 행복한 삶
그대 맑은 향기
사랑으로 가득 채우면

리라꽃
달콤한 연인들의
향기로운 꽃으로

보랏빛 언덕에는
지금도 그 향기
그윽한 벗으로 남아있겠지

장미꽃 사랑

장미꽃 향기로운 미소
가슴에 담아 둔
사랑 고백이 수줍어

빨간 요정의 그윽한 향기
노오란 꽃 수술에 품고

팔색조 미인 빨간 입술로
사랑 듬뿍 담으면

오늘은 로즈 데이
사랑 사랑
그대 내 사랑

하얀 얼굴 순결하고
우아한 자태
천사의 하얀 얼굴 머금은
그대에게
사랑 노래 보내고

밤꽃의 향기

겨우내 숨겨둔 향기
산허리 휘감아
진한 향기 뿜어내고

뻐꾹새 숨어 우는
푸른 언덕엔

밤꽃
진한 향기로
은밀히 벌들 유혹하면
벌들 꿀물
축제로 향기 담아내고

초록빛 향기
갈색 보석 꿈꾸며
가시 속
파란 밤송이
가을을 기다리고

달맞이꽃

푸른 달빛에
그리움 비 내리면
노랗게 물들은 애절한 얼굴
꿈속에 사무치는 그리움
노란 꽃향기에 품어

노오란 예쁜 미소로
고요한 달빛에 숨어들면
꽃잎에 내려앉은
기쁨으로 가득한 얼굴엔
함박웃음 가득 차오르고

달빛 발자국 소리에
가슴 적셔오는 그리움
고요한 달빛 한줌 품어
수줍은 미소
노란 얼굴에 감추고

밤 내 뿜던 노란 꽃향기 덮고
해바라기꽃
환한 미소에 안긴다

모란꽃

부귀의 꽃향기로
꽃가마 타고
어화! 님 오시는 길

빨간 얼굴 노란 향기
고은 옷 입으시고
내 맑은 영혼에
입 방끗 찾아오셨네

화려한 꽃 너울 쓰고
달빛에 더욱
아름다운 달빛 미인

어느 날 홀연히
빨간 미소 잃고
꽃 눈물 슬픈 날에
꽃향기 서러워도

먼 훗날
향기로운 두메산골
초가집 언덕에
곱게 피어 있겠지

사랑꽃

꽃향기
맑은 영혼으로
리라꽃 첫사랑 향기
가슴에 안고 찾아오는
핑크빛 연정

보랏빛 장미꽃
환한 미소로 반겨
영원한 사랑의 꽃밭에
사랑비
가슴에 가득 내리면

고운님 그대 품에 안겨
분홍빛 장미꽃 향기로
행복한 사랑

무지갯빛 사랑으로
영원하겠네

사과꽃

하얀 면사포
사월의 신부
아지랑이 품고
꽃잎에 오셨네

그대 향기로움으로
꽃잎마다
사랑의 열매 맺어

태양의 빛 품은
이브의 유혹에
붉은 사과
탐스럽게 주렁주렁

심장에 빨간빛으로
꽃바람 타고 오셨는가
햇빛 타고 오셨는가

불꽃같은 열정
붉게 타오르고

눈꽃

천사의 날개로
하늘 문 열어
하얀 비단꽃 내리면

순백의 영혼
푸른 소나무에
하얀 백로의 우아함으로
온 누리에
하얀 눈꽃으로 피어나면

은빛 몽환적인 설경
안개구름 속
수채화 그려내고

호숫가 소나무 숲
하얀 눈꽃 정원에는
꽃노을 피어올라
짙은 솔향 토해 내면

설중화 예쁜 눈꽃 길에
하얀 발자국
솔향기 따라
이어지는 끝없는 낭만

서리꽃

꽃향기 잃고 서글픈 국화꽃
떨어지는 꽃잎에 서러워 마라

옷 벗은 나상들
세월 속에 잠시 머물다
떠나가는 길손인 것을

춘삼월 고운 시절
예쁜 옷 입고
꽃가마 타고 다시 오마

달빛에 실려 떠다니다
하얀 바람에 실려 온 안개

달빛에 숨어
하얀 솜털 얼음꽃으로
물안개 피어오르는 강가에
송이송이 가슴시린 서리꽃

숨이 머질 것 같은
몽환적인 하얀 요정
수채화 정원에
끝없이 이어지는 유혹의 손길

아침 햇살에 반짝이는 보석
따듯한 품속에서
옛 시절 그리워라

무궁화

외로이 넘는 고갯길
홀로 아리랑
무궁한 열정과 끈기로
함초롬히 피어나는
군자의 기상

하얀 얼굴
붉은 입술 노란 미소
순결한 영혼의 꽃으로

배달의 언덕에
태양의 꽃으로
청초한 자태

일편단심
무궁한 빛으로
영원한 불멸의 꽃

태양의 열정으로
민족의 정기 받아
꺼지지 않는 불꽃으로
고아하게 피어나라!

민들레

초록빛 세상에
아지랑이
꽃신 신고
들꽃정원에 춤추면

노랑나비 하얀 민들레
입맞춤에
노란 민들레
입 방긋 방긋

수줍은 사랑에
민들레 홀씨 되어
꽃향기 타고 훨훨

그리움의 향기
사랑의 향기
꽃술에 담아

그리움 고개 넘어
사랑꽃 님에게

도화의 꿈

봄 향기 살랑살랑
분홍빛 연정 품은 꽃가지에

복숭아꽃
연분홍빛 화사한 향기로
아지랑이 한아름 품으면

몽유도원의
절세가인 도화녀

깜찍하고 요염한
연분홍빛 영혼으로
생긋생긋
봄바람에 미소 담아

분홍빛 꽃가마 사랑으로
복사꽃 선경에
신선의 열매 맺어

도화의 천년 꿈
천도가 영글어 가고

벚꽃

개나리 노란 꽃향기에
봄소식 궁금한 아기 벚꽃

가지마다 눈망울 초롱초롱
뭉게구름 함박웃음꽃

화사한 낭만꽃으로
가슴에 서정의 꽃 피우고

가슴 설레이는
꽃향기 그리운 날
봄 처녀의 수줍음으로
하얀 웃음꽃
꽃길에 찾아 오셨네

추억의 세레나데
연정으로 쌓이면

꽃터널 아름다운
낭만의 꽃길에
내리는 꽃비
절세미인의 추억을 남기고

이화의 꿈

순백의 미소로
하얀 웨딩드레스
달빛에 내려와
하얗게 가슴시린 꽃

공작새
하얀 신비로움으로
우아하게 춤추는
은빛 왈츠 물결에

초대된 영혼은
꽃향기
하얀 순수에 취하고

햇살이
눈부시게 내려앉은
하얀 꽃향기는

황금빛 유혹
초록빛 열매 맺어

황금빛 미소로
금빛 낭만 주렁주렁

동백꽃 사랑

초롱초롱 꽃망울
그리움에 묻고
북풍한설 붉은 미소로

고독한 낭만의 섬
고운님 슬픈 눈물에
붉게 피어난 사랑꽃

빨간 면사포에 노란 입술
당신의 영혼이
천생연분
사랑의 연정으로
그리움 안에 숨으면

작은 동박새 사랑노래에
붉은 눈물 글썽이는
순정의 슬픈 꽃 여심화

영원한 사랑꽃
화려한 봄날에

이팝나무꽃

향기로운 꽃망울
신성한 영혼을 품어
흐드러지게 피어난
새 하얀 미소

하얀 꽃향기
푸른 잎에 감추고
노란 꽃술 향기 품은
자유분방한 꽃

푸른 달빛에 찾아온
풍요로운 미소로
순백의 아름다운
하얀 쌀밥 소복소복

가지마다
함박웃음꽃 담아내며
수백 년 애환을 품은
영원한 풍년꽃
온 누리에 희망의 빛으로

찔레꽃

그리움으로 쌓이는
찔레꽃 슬픈 노래

감미로운 노란 입술
오월의 향기로
하얀 면사포
예쁜 꽃잎에 향기 품어

엄마 엄마
하얀 엄마 꽃이 그리워
슬픈 향기 가슴에 묻고

빨간 열매 꽃향기 품은
찔레꽃 하얀 얼굴

천리 길 님의 꽃길에
하얀 향기로
월광 빛 고운 빛에 찾아오면

향긋한 고운 숨결
하얀 함박웃음
사랑의 향기로 반겨 맞으리

도라지꽃

하얀 별 꽃 내려와
맑고 깨끗한
해맑은 미소

하얗게 피어오른
순정의 향기에

벌 나비
하얀 별꽃 정원에
순백의 축제

보랏빛 일렁이는
파란빛 향기의
끝없는 낭만에

파랑새 숨어 우는
청초한 감성의 꽃

민족의 애환
긴 세월 초롱불 밝혀
영원의 사랑으로

메밀꽃연서

무명 저고리 가슴 찡한
울 엄마의 순박한 꽃

흐드러지게 피어난
하얀 꽃봉오리

별빛이 하얗게 부서지는
그윽한 향연에

하얗게 피어나는 연인의 향기
몽글몽글 소담하고
작은 꽃송이

모정의 품처럼 포근한 정겨움에
초롱불 정취 그리워지는 밤

푸른 달빛 향기로움에
임이 오시려나
설레어지는 마음에
풀벌레 숨어 우는 은은한 밤이다

능소화

구중궁궐 외로운 소화
기다려도 기다려도
구곡간장 애태우는 임

달빛에 흘러가는 구름아
애 끓는 내 마음 너는 알리라
전해다오
임 그리는 내 마음
독수공방 한스러운 삶

소화의 삶의 눈물은
그리움의 넋이 되어
슬픈 영혼으로
어사화 꽃 되었네

장원급제 금의환향
부귀영화도 꿈인양
세월 속에 묻히는데

오늘도 능소화는
신비하고 고고한 자태로
곱게도 피어나는구나

초롱꽃

초롱초롱 꽃길에
하얀 슬픈 꽃
님 오시는 길에
청사초롱 불 밝히고

산사의 은은한 종을 닮은
누나의 하얀 얼굴

애틋한 눈빛의
신비로운 향기로움으로
그리움의 등불을 밝히면

청순한 금강 애기나리
사랑꽃으로
청보랏빛 금강초롱
향기에 취하면

각시와 신랑 청사초롱
금강산 비경에
영원한 등불이 되고

할미꽃

무덤가 호호백발
슬픈 할미꽃

고갯마루 외로운
그 이름은 할머니

가슴 찡한
한 맺힌 눈꽃 사연
허리 굽은 모습은
할미꽃 사랑에 숨었나

겸손하고 부끄러워
다소곳이 옷깃을 여미어도
허리가 굽어 슬픈 꽃

소녀의 족두리 꽃놀이에
흰머리 백두옹 되어
깊은 산골 양지 녘에
외로이 피고지고

수선화

강물에 비쳐진
아름다운 황홀경

곱고 시린 달빛에
영혼의 꽃 되어

황금빛 감미로운 향기
하얗게 내려앉은
천사의 미소로
청초한 꽃잎에 담으면

흠모와 연정으로
이룰 수 없는
애틋한 사랑에

가슴 태우다
속절없는 세월에 묻히고

하얀 수선화
영혼의 향기에
해탈의 신선은
신비의 미소 보내고

엉겅퀴

보랏빛 연서에
아름다운 핑크빛 미소로
사랑의 옷 갈아입고
그리운 님에게 꽃향기 전하면

자홍빛 아름다운
예지몽의 꿈길에
새 생명이 잉태되는
신비의 꽃

야생마처럼 강인한
민족의 혼
핑크빛 사랑으로
가지마다 통꽃이 피어나면

신성이 피워낸
하얀 진객의 향기에
비상을 꿈꾸며

하얀 홀씨 되어
바람 타고 정처 없이
떠도는 호호백발 나그네야

꽃길에 앉아

산유화 꽃길 따라
황금빛 향기 밟으며
화조들 축제의 노래에

복사꽃 천상의 미소로
아지랑이 한 아름
꽃향기에 품으면

연분홍 치마에 화사한 웃음
도화미인의 요염한 자태에
가슴 설레이는 봄

그대 가슴에
향기로 남은
분홍빛 그리움

핑크빛 연정으로
사랑하는 님에게
그리움의 보랏빛 연서 띄우고

물망초

어느 이름 모를 하늘 아래
슬프게 피어난
영혼의 꽃

나를 잊지 마오
그대를 사랑하오

꿈길에
그대 곁에 서성이며
잊을 수 없는 그리움으로
파란 강가에 피어난 순애보

남겨진 사랑이 너무 깊어
영혼의 언덕에
영원한 그대의 꽃으로

연보랏빛 향기로운 넋은
사랑꽃으로 피어나고

꽃향기는 사랑을 피우고

그대 그리운 날
벚꽃처럼 찾아온 아름다움

어머니의
목화꽃 같은 포근함에

당신의 그리움으로
황금빛 연정은
해바라기꽃 피우고

보로니아 여인의 향기
천리향 아름다움으로

라일락꽃 보랏빛 향기
영원한 추억의 언덕에

진달래꽃 같은
사랑의 즐거움이 피어나면

나를 잊지 마세요
물망초
영혼의 꽃향기 품고

연꽃

자비의 아름다움 간직한
신비로운 꽃봉오리
고귀한 향기로움으로
부처님 꽃으로 피어나면

청아한 하얀 꽃 미인
하얀 꽃 쟁반으로
황금빛 구슬 담아내고

보랏빛 왕관을 쓴
큰 가시연꽃
행운을 전하며
태양의 꽃으로
보살 같은 지혜의 샘으로
마음을 정화시키며

극락세계에서
그윽한 향기
자비의 고운 빛으로
활짝 웃는
영원불멸의 꽃이 되고

2장

자연의 서정시

하얀 구름 위 불꽃 무지개
아름다운 빛깔로 수놓으면

길하고 상서로운 별이 비치는
아름다운 세상은
하늘 길 열어 영혼에 머문다

일출이 있는 바다 풍경

수평선 넘어 여명의 빛
희망의 붉은 빛으로

무궁화 강산에 장엄한
일출 비경 만들며
하늘에 피어올라

붉은 노을 빛 입은
오색 빛 꽃구름

황홀한 빛으로
수채화 그려내고

갈매기 떼 금빛파도 위에
추억의 낭만을 만들면

낭만의 바닷가에
그리움 남기고
추억으로 가는 노을 빛

소나무와 구름

아침햇살 품은
푸른 소나무 숲

호수의 구름은
붉게 타오르며
아름다운 비경을 품어
호수에 자화상의
멋진 수채화 그려내면

운해의 아름다운 구름 위로
치솟은 산봉우리
넓은 구름바다의 섬이 되고

하얀 구름 위 불꽃 무지개
아름다운 빛깔로 수놓으면

길하고 상서로운 별이 비치는
아름다운 세상은
하늘 길 열어 영혼에 머문다

초가집

섶 다리 건너
정답게 모여 있는 초가집
토담길
꽃길 따라 봄이 오고

버드나무 늘어진 우물가 샘터
울 엄마 물동이 이고
논둑길 조심조심
가마솥에 물이 가득 담기면

아궁이에는 솔가리
붉은 정열 불태워
하얀 연기로 아침 굴뚝
초가집 지붕에 춤추고

황톳길 민들레
아침 햇살 한아름 품으면
물레방아 도는 정든 내 고향

옹기종기 초가집
토속적인 마을 풍경은
정감 있고 포근하다

경포해변

낭만의 수평선
여명의 빛 새벽을 열며

희망의 노을빛으로
황금물결 반짝이면

형용할 수 없는 환희와
가슴에 벅차오르는 긴 여운
한동안 망부석처럼
아침을 맞이하고

은모래 바닷가
긴 머리 여인의 사랑 이야기
붉은 노을빛에
푸른 파도처럼 밀려오면

낭만 갈매기
황금빛 방석에 두둥실
배 띄워라 배 띄워라

푸른 바닷가 소나무 숲
초록빛 향기로움은
잊지 못할 추억의 낭만으로

경포호수

해질녘 붉은 노을빛
백조의 호수에
붉은 물결 품은 달빛
낭만 호수에 은빛물결 만들면

은은한 달빛 품은
원앙새 한 쌍
달빛 고요함에
사랑이 깊어 가고

청풍명월 경포대에 올라
다섯 개의 달빛
술잔에 담으면

낭만 가객의 술잔에
고요한 달빛 풍류가 넘치고

가야금 소리 몽환적인 호수
사랑하는 님과
달빛에
강상풍월 낭만을 노래하니
천하 제일강산이 여기로세

봄바람

종달새 분홍빛 꽃노래에
도화유수 빵긋빵긋
연분홍빛 사랑 고백

신선들의 젊은 꽃은
삼천갑자 꿈꾸며
그 향기로 도화미인 되고

노란 개나리꽃 성화에
꿈 깨는 자목련

공주의 사랑으로
꽃 문 하늘에 열어
흐드러지게 고아한
사랑의 세레나데

불어라 봄바람
아름다운 꽃향기로

강바람

유유히 흐르는
강 물결 위로
시원한 강바람 불어와

하늘을 나는 인간 새들
한 마리 새가 되어
천국의 언덕에 머물면

석양빛 지는 노을
서산마루에
환상적인 수채화 그려내고

황포 돛단배 두둥실
저녁노을 아름다움 담아
금빛 강 물결 가르면

붉은 물결 일렁이는 강은
금빛 낭만을 싣고
바람의 놀이터가 된다

가을바람

갈바람 불어와
맑은 하늘빛에
황금빛 일렁이는 벌판
풍요로운 가을의 노래

허수아비 덩실덩실
신바람 그리운 고향에는
가을의 향기 담아
풍년가 울리고

코스모스 흥에 겨워
넘실넘실 춤추면

석양이 비낀 숲속에
산새들 자연을 노래하면

석양빛 노을에
붉게 물 들은
잎새마다 숨이 멎는다

겨울바람

삭풍은 하늘에 불어와
새하얀 눈꽃송이 내리면

눈이 부시도록 하얀 언덕에
푸른 소나무
눈꽃으로 피어나
송죽 바람 속
겨울 풍경은 몽환적이고

하얀 바람타고
하늘을 나는
화려한 공작 연에
성탄 축복 담아 보내면

산타 할아버지
선물 한가득 싣고
새하얀 눈 세상에
성탄절 축복의 노래로
온 누리에 기쁨 주신다

가을을 남기고

황금빛 들녘
색동저고리 화려한
허수아비들 여기저기서
풍년이 왔네 풍년이
흥겨운 풍년가 울리고

참새 쫓던 허수아비 지쳐 가면
참새 한 마리
예쁜 꼬마 허수아비 벗 삼아
잠시 놀다
황금빛 들녘에 숨어들면

밤나무 숲 쓰르라미 소리
십리길 아리랑고개 넘어
가을 정취 듬뿍 담아내고

반딧불이 빛의 축제에
밤새 별빛 향기 품은 들국화
아침 햇살에
하얀 미소 노란 보석 담아내고

버들강아지

빨간 꽃봉오리에
봄이 알알이 맺히면

용 버들
은빛 솜털 꿈틀 거리며
하늘로 승천
노란 꽃 귀여운 꽃으로
은은한 봄 향기 품어

휠릴리 휠릴리 버들피리
건너 마을 할머니 댁에
봄소식 전하고

조그만 연못가
연초록색 버들강아지
봄바람이 간지러워
몸을 웅크리면

연못 속 개구리 삼형제
늘어진 버들강아지 벗 삼아
축제의 노래로 봄날은 간고

설악의 비경

청정옥수 하얀 비단 물결
용틀임 하듯
푸른 소나무 숲 휘돌아

옥빛 물 기암절벽에 떨어지며
높은 폭포 만들어
고운 빛깔 오색 무지개
하늘에 걸리면

맑은 옥색 빛 선녀탕
흰 비단길엔
무지개 타고 내려온
십이 선녀들

용궁 같은 무릉도원
복숭아탕 비경에
승천 길 날개를 잃어
선녀탕 푸른 물에 머물고

바위절벽 만물상 기암에
작은 소나무 하나
흰 구름 허리에 감고
산의 정기 오롯이 품어
신선이 머무는
흰 구름 속에 푸르다

추억의 겨울

하얀 동심에
첫눈이 소복소복
마음 설레이는
소녀의 그리움으로
영혼이 맑아오고

하얀 수채화 속
서정적인 꼬마 눈사람

빨간 립스틱
벙거지모자로
한껏 멋 부리고
손을 호호 불며
익살스런 꼬마 눈사람

참새 한 마리 찾아와
잠시 놀다 홀연히 떠나면
하얀 요정은 다시 외로워지고

그리움으로 내리는 하얀 눈은
정겨운 눈사람 품에서
다정한 친구가 되고

달빛은 창가에

몽환적인 가슴을 열고
푸르고 은은한 달빛
마음 시린 포옹이런가

그리움 담은 사모 하는 님은
달빛에 숨어 아스라이
그림자로 다가오고

별빛이 고요히 흐르는 밤
그리운 님 찾는 소쩍새
밤새도록 저리 처량한 슬픔일까

달빛 내려앉은 초가집 뜰
노란 들국화 향기에

달빛 나그네
별빛 한 아름 품어
서정적인 담채화 그려내고

봄 마중

뻐꾹새 단잠을 깨우는 소리에
복사꽃 살구꽃 아기 진달래
예쁜 옷 갈아입고
화사한 꽃 마중

아지랑이 꽃잎에 앉아
고즈넉한 초가집 마을은
꽃향기로 가득하고

건너 마을
봄 처녀의 꽃바구니에
달래 냉이 꽃다지
봄 향기 가득 담기면

재 넘어 긴 밭
밭갈이 가는
황소의 워낭소리
풍년 고개 넘으면
종달새 정겨운 봄의 노래

그 겨울의 찻집

푸른 파도 아침 햇살에
하얗게 부서지는 해변

낭만 갈매기 노랫소리
금빛 파도에 실려 오고

하얀 옷 입은 소나무 숲
솔향기 비단길에는

가슴 시린
환희와 추억의 그리움에

진한 커피 향 풍기는
어느 조용한 찻집
이층 창가
홀로 앉은 찻잔에
조용한 음악이 흐르면

붉은 노을에 밀려오는 파도
해변에는
겨울 낭만이 찾아오고

한강의 노을빛 풍경

해질녘 붉은 노을빛 강물
수많은 새들 황금빛 군무

사랑을 위한 왈츠 곡에
석양빛 춤의 축제를 열면

유람선 물보라에
갈매기 집을 찾아
노을빛에 숨어들고

강물 반짝이는
노란 들꽃 길
라랄라 라랄라
은륜에 삶의 향기 담아내면

한편의 아름다운 시가 흐르는 강
노을빛 미소에 달빛 맞으며

은빛 물결 따라
화려한 오색 무지개 분수
현란한 빛의 향연

강가에 앉아

찰랑이는 강가에
갯버들 벗을 삼으면

물결 위에 비쳐진 자화상
강물의 지혜로움으로
정처 없이 흐르고

들꽃 향기 삶을 위로해도
흐르는 세월은 저만치 가고

세월 속 나그네
반짝이는 물처럼 흐르다
지쳐가는 마음

어느 낯선 곳에 머물러
고요히 잠들다
새벽 별을 맞이하고

쏠베이지의 노래
강물 위에 흐르면

우리 인생도 떠돌다 떠돌다
부질없는 세월 속에 흐르겠지

가을 편지

햇빛정원
기암괴석 구름의 쉼터에
붉은 빛 향기

빨간 요정들이 유혹하는
가을빛 연서를 찾아
태양이 비껴 앉은
불타는 계곡으로

가을이 그려놓은
아름다운 수채화
낭만 한가득
추억으로 담아내면

계곡에 흐르는 물
쓸쓸한 단풍잎 하나
가을의 여운을
그리움에 싣고

불타는 열정으로
끝없이 흘러가는
세월 속으로

겨울비

싱그럽게 푸르던 날
곱게 꽃 피우던
추억 속의 시간들

노래하는 새들도
먼 곳으로 떠나가면

그 자리에는
쓸쓸함이 찾아오고

빨갛게 그리움 안고
낙엽이 떠나간 자리
하염없이 비가 내리면

구름 속에 숨어 우는
슬픈 연가에

비에 젖은 마음
하늘에 띄워 보내면

얼음 꽃 되어 그리움으로
내리는 빗줄기는
누구의 눈물인가

청보리

풀피리 서정적인
축제의 노래

청보리 고운님 속삭이는
추억 속 보리밭 사잇길
울 엄마 아리 아리 넘던 고갯길

한 많은 보릿고개
그 시절 사연 담아
옛이야기 주저리 주저리

허수아비 게으른 졸음에
참새 떼 보리밭에 숨어들면

청보리 가슴 조이다
노랗게 물들은 얼굴

하늘빛 보리밭
노란 풍년이 찾아오면
울 엄마 행복한 미소

향수

섶다리 건너 초가집
사립문 밖 빨간 봉선화
너의 순정 그리운 옛 동산에

옹기종기 초가집 정겨움이
실개천에 굽이굽이

삘릴리 삘릴리 동심
추억 속에 숨겨둔 그날들
가슴에 묻어둔
고즈넉한 고향의 향기 품어

파란 하늘
찔레꽃 진한 향기
그리운 추억의 언덕엔
뻐꾹새 숨어 울겠네

나 돌아가리라
정겨운 옛길 따라
그리움 비 내리는 그곳으로

한강 무지개 분수

무지갯빛 황홀한
물의 요정
하늘빛에 올라

빨주노초파남보
환상의 빛으로
분수꽃 피어나

경쾌한 왈츠 곡에
오색빛 현란한 춤
한 마리 백조가 되어
고운 빛 강물에 흐르면

밝은 달빛미소
하늘에 올라
환희와 낭만으로

일곱 빛깔 빛의 축제에
영혼이 맑아 오고

초록빛 세상

물안개 구름 꽃 피워
꿈틀거리는 하얀 용

토해내는 초록빛 물보라
생명의 숨결로
푸른 양탄자 비경에 흐르면

초록빛 이끼계곡
푸른 고목 숲은
수백 년 비단 양탄자
신비의 옷 입어

초록빛 푸른 영혼
하늘에 푸르고

산새들 아름다운
숲속 음악회에
푸른 향기 듬뿍 담아내면

초록빛 숲은 명상의 쉼터가 되고

노을

서산에 붉은 해
뉘엿뉘엿 숨이 차오르면

반짝이는 붉은 빛 강물
한 쌍의 백조
노을빛 사랑 유희에

새털구름
노을 꽃 입으시고
붉게 타오르면

별빛에 차오르는
붉은 빛 숨소리

붉은 입술로
달빛에 포옹하고

어둑어둑
새들 숲속에 깃들면

노을빛은 하늘에 올라
미리내 은하수강 건너고

금강산 일봉 성인대

오도송의 깨달음으로
고승의 열반송 길을 따라

금강산 화암사는
불세존의 안식처가 되고

넓은 바위 위로
하얀 청정 옥구슬 흘러
폭포에 꿈틀 꿈틀 하얀 용 승천에

하늘 길 따라
신비의 수바위 정기 받으며
신선의 놀이터 성인대에 올라
마음의 번뇌 비경에 걸어놓고

흐르는 한조각 구름 타고
운하의 강 건너
울산 바위 선경에 신선과 노닐다

바람에 길을 물어
권금성에 오르니

천하의 비경에
춤추는 무학송 소나무
팔백 년 고고한 자태
기암절벽에 학의 날개로

신령스러운 향기 뿜어내니
무릉도원이 여기로세

산딸기

숲속 산새들
아름다운 노래와
봄 향기로 꽃을 피워

숲속 향기로움에 숨은
하얀 미소
사랑의 꽃비 내려
하얀 향기로
수줍어 가시 속에 숨고

햇빛이 놀고 간
하얀 쉼터에
탐스럽게 찾아 온
빨간 요정
유혹의 미소에

보석 같은 영롱한 열매
목에다 걸고
추억의 그 시절에

봄이 오면

세월에 실려 온 봄 향기
노란 개나리꽃에 숨어들면

향기로운 꽃 세상은
고은 빛 수채화 그려내고

벚꽃 몽실몽실 화려한 웃음
환희의 꽃물결 만들면

흐려진 기억 속의 아련함
가슴 설레이는 초록빛 바다에

꽃향기 품은
영혼의 노래 보내면

자목련 고귀한
공주의 애틋한 사랑

그 사람 그리움 가슴에 담아
지금도 그곳엔
아름다운 추억의 꽃 피겠지

저녁노을 바라보며

꽃노을 속에 숨은 석양빛
강물에 띄워진 불꽃놀이에

고운 빛 한 아름 안고
수줍게 물든 나의 창가에
마지막 숨결로 찾아와

한줄기 고즈넉한 빛으로
영혼 속 세월을 낚으며

아름다운 노을 속
불꽃무지개와 노닐다

서산마루에 힘겹게 걸쳐 앉아
달빛에 기울면

어둑어둑 땅거미 밟으며
지친 마음의 안식처에

아가야! 반짝반짝
달빛 맞으며 강변 살자

해를 품은 달

동해의
먼 바다는 하늘에 이어져 푸르고

새털구름 속에 숨어 있는
태양의 쉼터에
붉은 빛 낭만으로
아름다운 수채화 그려내면

하늘이 내려앉은 쪽빛 바다에
무지갯빛 희망으로
먼 길 떠나가는 해님

인고의 세월을 품으며
서쪽하늘
산마루 노을빛에 앉아
마지막 열정 토해내면

은하수계곡 달빛은
수줍어 하얀 미소로

별빛정원 쉼터에
샛별 등대 찾아
길 떠나는 끝없는 여정

별이 빛나는 밤에

산마루 노을빛
외로운 둥근달을 토해내면

밝은 달 입에 물고
정처 없는 기러기 떼
샛별에 길을 묻고

어둑어둑 산새들
푸른 향기에 숨어들면

고요한 호수의 은빛물결은
달빛을 품어
낭만의 향기는 별빛에 푸르고

은하수 별빛낙원에는
수줍은 별들의
반짝 반짝 사랑 이야기
유혹의 미소에

계수나무 쉼터 옥토끼
쿵덕쿵덕 떡방아
축제의 노래
하얀 별빛정원에 흐르고

빗소리는 음악처럼 흐르고

주룩주룩 내리는 빗줄기
시와 노래가 되어
호수에 왈츠 선율로 흐르면
고즈넉한 정취에
낭만은 빗속에 머물고

푸른 산 운하에 떠도는
구름나그네
빗방울 흔적에 길을 물어
정처 없이 흘러흘러
그리움의 수채화 그려내면

춤추는 구름 축제에
푸른 소나무에 쉬어가는
흰 구름 한 조각
빗물 한입 물고
하얀 백조의 우아함을 품어

비에 젖은 마음은
서정적인 낭만이 끝없이 이어지고

3장

사랑과 인생

무지갯빛 추억 속에
사랑한다는 그 말
왜 그리 아껴 왔는지

이제 그대를 위해
꿈꾸는 원앙이 되어
영원히 사랑하리라

임의 향기

내 마음 채워줄 한사람
당신의 모습 못 잊어
슬픈 마음 들킬까
하얀 미소
그리움에 감추어도

당신으로 인한 슬픔이
먼 훗날
마음 속 흔적으로 쌓이면
사무치는 그리움 되고

꿈길 따라 정 따라
고운 숨결 환한 미소
희미한 당신의 모습이
사랑의 기쁨 되면

아련한 당신의 모습
막연히 애타게 그리다
세월은 그렇게 흘러

당신이 몰고 온
영혼의 향기
마음 속 깊은 곳에서
그리움으로 영원하다

아름다운 향기

인간은
지혜의 진한 향기로
사랑의 향기 만들어
아름다운 세상을 밝히고

꽃은
진한 향기로
벌 나비 부르며
아름답고 청초한
맑은 영혼의 꽃을 피우면

인간은
덕과 지혜의 향기로
세상 탐욕을 씻어

맑고 아름다운 인간 세상은
사랑의 향기로 가득하다

지혜의 눈

사랑하는 사람아!
세상의 아름다운 눈으로
지혜의 문을 열어라
이 얼마나 멋진 세상인가

사랑하는 사람아!
즐거운 일 기쁜 일
한 아름 꿈 안고
희망의 언덕 넘으면
행복이
빨간 장미 한 송이
낙원의 세상이 되고

사랑하는 사람아!
보석보다 빛나는
영혼의 문을 활짝 열어
행복한 사랑의 향기로

이 아름다운 세상
영원한 빛이 되소서

인생

새벽을 여는
여명의 빛으로
세상의 문 열어
아름다운
샛별을 찾아 헤매다
해거름 녘
장밋빛
꿈을 간직한 채
어느 이름 모를
하늘 아래
고요히 잠이 들겠지

세월

세월에 기대앉은 나그네야
인생길 어디냐
묻지 마시게

세월 속에 흐르는
인생의 시계바늘

요람에서 태어나
보이지 않는 영원 속에
꿈을 찾아 헤매는 인생

어느 황홀한 세상에 머물면
부질없는 세월에 가고

어느 날 문뜩
무정한 세월에
몸부림치는 인생아!

속절없는 인생은 그렇게
세월 속
영원한 나그네라네

오작교 사랑

그리움과 기다림의 세월
달빛은 하늘 문 열어

하얀 반달에
애틋한 사랑 싣고
별빛 가득한 은하수강에
그리움의 배 띄우면

꿈에도 보고 싶은
사랑하는 임 만나
기쁨의 재회

별빛 바다
까막까치 축제의 노래에
견우직녀 기쁨의 눈물강

깊은 밤 새워
별빛으로 수놓고

달빛 사랑

달빛에 환상곡처럼
띄워 보내는 연정

그대 고운님 그리워
영혼의 노래
흘러라 달빛에

은빛에 쏟아지는
사랑의 세레나데

청초한 연꽃 정원
달빛에 비쳐진
절세가인의 모습

그 아름다운 황홀경에
수선화 미인 되어
신비의 미소 보내면

그대 영혼은
달빛미인 되어
월광곡 선율에 흐르고

사부곡

꿈속에서도 애타게
보고 싶은 그 모습이
밝게 비취는 저 달 속에 숨었나

그토록 보고 싶은 임의 영혼은
어느 하늘 아래 머물며
그리움으로만 다가오는가

아련한 추억 하나 남기지 못하고
사모하는 마음만 남기고
홀연히 떠나가신 당신
평생 나의 곁에 맴돌며
영면의 길 떠나
꿈에도 한번 못 오시나

못 잊어 못 잊어
그리움으로 가득한 내 영혼은
몸서리치도록 임이 보고 싶다

꿈속에서 단 한 번만이라도
만날 수 있었으면
그대 영혼 내 곁에서
영원히 잠들겠네

사모곡

꽃 피고 새 우는
어느 멋진 봄날
홀연히 분홍꽃신 신고
꽃가마 타고

이 힘든 세상
눈물이 마르기 전에
당신은 그렁그렁 눈물 삼키며
홀로 넘는 아리랑 고갯길
무거운 발길 남기시고
꽃길을 가신 당신

한편의 아름다운 추억 하나
남기지 못하고
그렇게 힘든 세상 등지고
영원의 길 떠나가신 머나먼 길

이제 아름다운 천국의 세계에서
그리워 못 잊는 사랑하는 임 만나
평생 이루지 못한 사랑

천국에서 그리움 잊고
천리향 꽃향기 품어
빛나는 보석처럼
영원한 사랑으로 영면하시옵소서

초혼

하늘이 슬프던 날
2019년 4월 29일 13시 30분
슬픔의 눈물 감추고 온화하고 평온하게
천국의 문을 여신 어머니

국립의료원 차디찬 영안실에서
곱게 단장하시고 꽃길 따라
영영 돌아올 수 없는 강을 건너
하늘나라에 가신 어머니
서울 추모공원 그 무서운 불길 속에
몸을 맡기시고
초연하게 한줌의 재가 되어
인간의 허무와 무상함을 뒤로 하시고

그토록 꿈에도 그리던 임 만나
평생 못 다한 사랑이 깊어 가면
흐드러지게 피어 있는 꽃잎 사이로
그대이름 애타게 불러보지만
대답 없는 그대 모습은 아련한데
허공에 흩어져 맴도는 그대 이름
공허한 메아리로 되돌아오고

눈물 발자국 따라 돌아오는 길은
왜 슬픈 눈물만 가슴에 차오르는지요
가슴시린 슬픔 애써 웃음 지우며
돌아오는 길 외로움에
그대 영혼이 찾아오면
이제 천국의 문 열어 좋은 세상에서
부부의 정으로 영면하소서

미완성 인생

구름처럼 자유로운
영혼의 인생아
흘러가는 곳이 어디 메냐

계곡의 물처럼
지혜롭게 흘러가는
인생이라오

꽃향기 행복한
영원 속에 머물며

인생 편지 그렇게 쓰다
미완성으로 가는 꽃길

먼 훗날
세월은 그렇게 흘러
영혼은 영원에 머무는데

인생무상 나그네야
자유로운 영혼은
어차피 빈 손의 삶인 것을

연인

임의 향기
가슴에 품어

순백의
아름다운 영혼

그대의
분홍빛 연정으로

보석처럼 아름다운
영원의 사랑

사랑의 향기로
무지갯빛 그리움에

사랑의 거리에는

사랑비 내려와
행복 우산 쓰고

임 오시는 꽃길에
청사초롱 불 밝히고

라벤더 사랑

보랏빛 라벤더
청명한 꽃향기

이루지 못한
애달픈 침묵의 사랑
청초한 사랑의 미소
라벤더 꽃
슬픈 향기에 묻고

청결하고 숙덕한 향기로
아름답게 피어난 청색 꽃

소녀의 꿈
사랑하는 님 만나
아름다운 추억 만들면

로즈마리 꽃
꽃향기로 반기며

허부 꽃동산에
영혼은 몽환적인
향기로 찾아오고

여정만리

세월의 봇짐 메고
풍월 한 잔에

풍류가객
오늘도 넘는 인생고개

돌아보면 흘러 흘러
그리 멀지도 않는 여정

슬픔은 하늘에 띄우고
기쁨은 함께하는
당신은 동반자

가다가 힘들면
어느 고요한 별빛
마음의 안식처에

영혼이 반짝이는
샛별을 벗 삼아
지친 몸 달래이고

이 밤이 지나면
예술 같은 인생을 위해
오늘도 끝없는 여정

첫사랑

새하얀 맑은 영혼이
나의 심장에 들어와
가슴 설레이는 기쁨

하얗게 순수한
그대의 마음에
사랑의 연정이 너무 깊어
못 잊어 못 잊어
지워지지 않는 그리움

하얀 달빛 문 열고
분홍빛
꽃길 따라 떠나간 그대

사랑은 영혼에 머물며
추억의 시간으로 떠나는
꿈속 여행에

아련한 추억의 향수는
미완성의 기쁨으로 다가와

가슴속에 남아 있는
아름다운 사랑은
그리움의 별이 되고

사랑의 인연

핑크빛 연서에
설레이는 가슴
연모의 꽃 피어나고

감성의 정이 너무 깊어
영혼의 인연으로
인륜이란 강이 흐르면

삶의 놀이터에
아름다운 연가 부르며
사랑의 꽃을 피우고

운명처럼
천륜의 끈으로
요람에서 맺어지는
지고지순의 사랑

영혼의 세계에서
아름다운 별처럼 반짝이는
사랑의 인연으로

별에 계신 그대에게

별빛이 하염없이 쏟아지는 밤
달빛이 하얀 미소로
여울진 그리움 보내면

아련히 떠오르는 그대 모습
별빛에 흩날리는
영혼의 향기로
가슴을 적셔오고

영원 속에 숨어
잊혀지지 않는 그리움
별을 헤는 수많은 그날들

무지갯빛 그리움
한 아름 안고
사모하는 마음 달빛에 실어
길성이 비치는 꿈길을 걸어도

오늘도 별빛 밟으며
사랑으로 가신 영혼은
여울진 꿈속에 있고

부부

천생의 인연으로
희로애락 삶의 쉼터에

미운 정 고운 정
깊은 사랑의 정으로
어두운 밤
등불이 되어 준 그대

사연도 많은 강을 건너
장밋빛 인생 함께한 세월

소중한 사람 인생의 동반자로
살아온 꿈같은 세월에
너무나도 고마운 사람

무지갯빛 추억 속에
사랑한다는 그 말
왜 그리 아껴 왔는지

이제 그대를 위해
꿈꾸는 원앙이 되어
영원히 사랑하리라

인생은 개여울처럼 흐르고

낭만의 징검다리 따라
삘릴리 삘릴리 버들피리에
개여울도 춤을 추고

색동저고리 파란 꿈
퐁당퐁당 사랑이 여울지면

곱게 그려온
인생의 세레나데
세월 속 추억의 아름다움으로

반짝이는 여울목에
사랑 노래로 흐르면

정처 없는 나그네
아련한 세월 속 인생은
흘러 스쳐간 삶의 인연으로

개여울에 별빛 반짝이며
요람의 꿈 실어와
달빛에 흐르고

나그네

오늘도 나는 나그네라네
저 하늘의 별을 품을까
영혼의 그리움 품을까
지나온 세월에 사연 담아

머나먼 인생길
정처 없는 나그네

가다가 지쳐지면
고요한 별빛을 벗을 삼아
삶의 봇짐 내려놓고

술 한 잔에 아침 이슬 담아
떠나가는 나그네

고즈넉한 달빛 미소에
서산 노을빛 밟으며

여보시게 친구
삶의 쉼터에 잠시 쉬어나가세

4장

흐르는 세월 따라

수많은 꽃 정원
어느 힘겨운 날
향기로움이 찾아와
지친 마음 달래면

여보시게 아름다운 꽃길
사랑의 쉼터에
잠시 쉬어 간들 어떠리

월정사의 야경

천년의 달빛은
구층 석탑에 푸르고
그으한 풍경 소리
바람에 실려
부처님의 자비로
마음을 적셔오는 밤

소쩍새만이 소쩍 소쩍
밤새도록 구슬프고
풀벌레 숨어 우는
초록빛 숲
달빛 내려앉은 산사는
고요하고 푸르다

달빛 고요한 극락전
큰스님의 묵언 수행
백팔번뇌 중생을 구하고

동자스님 해맑은 웃음
고즈넉한 산사의
풍경소리에 묻히면
별빛만이 고요히 흐른다

자비

천년의 자비
바다 속 부처님바위
지혜의자비로 극락왕생
인간의 번뇌를 씻어 주면
불세존의 품에 안겨
마음의 안식처가 되고

천년을 지켜온 거북바위
인간의 수복강녕
삶을 축원하며
이국적인 비취빛 바다 속에 머물면
동해용왕은
밀려오는 파도를 막아
부처님을 지키면

절벽 위 중 바위
사바세계 인간의 번뇌해탈을
축복 기원

붉은 아침 햇살에
황금빛 옷을 입은
지혜의 관음보살
부처님 자비의 미소
아미타불 극락의 세계로
중생을 구원하니

황금 관음범종은
번뇌 없는 인간 세상에
행복한 극락의 세계로 인도한다

오대산 선재길

달빛에 흠뻑 젖은
고즈넉한 월정사의 범종
맑고 아름다운 울림으로
고요한 산사에 묻히고

천년을 지켜온
법고의 은은하고 긴 울림
영혼의 소리로
푸른 달빛 타고
맑은 금강 연 시냇물에
긴 여운으로 흐르면

별빛 쏟아지는 선재길
수백 년 세월의 흔적을
오롯이 품은 전나무 숲길
음이온 짙은 숨소리로
숲길을 가득 채워

천년 세월 진한 향기로
불세존의 안식처를 품는다

대나무 연가

청아한 선비의 기품
푸른 지조로
신비의 꽃피워

은은한 향기
맑은 음이온으로
신령스러운 기운
푸른 대나무 숲

짙은 영혼의 숨소리
맑고 청명한 음색
천상의 목소리로
연두 빛 대나무 숲
속살에 흩날리면

별이 빛나는 밤
달빛은
영롱한 야경을 만들어

댓잎 군무에 흠뻑 젖은
마음이 시려오는 영혼의 노래

봉황새의 꿈

댓잎 이슬 먹은
향기로운
죽로차를 마시면
영혼이 맑아오며
신선과 통하고

신령스러운 대나무 숲
선경에 살고 있는 신선
봉황새를 맞이하면

대나무 죽실 머금은
봉황새를 품은
성천자는
태평성대를 꿈꾸고

봉황새 오동나무에 깃들어
신들의 공간에 영생하며
봉음의 맑은 소리로
인간세상의 수호신이 된다

아리수

나의 고향은 검룡소
용의 비상을 꿈꾸며
꿈뜰 꿈뜰 먼 길 여정

돌고 돌아 험난 고행길
부딪쳐 깨어져도 묵묵히
맑고 깨끗한 마음
고이 간직하고

두물머리 반가운
금강산 친구 만나
유유히 흘러 한가람 되었네

민족의 젖줄 되어
온 누리 사랑 받으며

그리 멀지도 않는 길
왜 그리 힘들게 왔는지

저 강은 알고 있나
오늘도 말없이 서해로
흘러가는 사연을

세상 이야기

웃음을 주고받을
친구가 있어 좋다
그냥 네가 좋다

막걸리 한 잔에
세상사 녹아들면
즐거움이 있는
인간사 철학이 있어 좋다

빨간 공 하얀 공
빙글 빙글 춤추다
실수하면 한바탕
웃음꽃이 있어 좋다

세월이
세상 이야기 엿든다
저만치 가버리면

달빛을 품은 별빛
하얀 미소 보내고

추억의 길

검정고무신에
책보 어깨에 메고
꿈 많은 소년의 희망길

구불구불
산길 따라 꿈길 따라
정겨운 학교길

길섶 민들레 하얀 미소에
행운의 꽃 하얀 왕관 쓰고
꿈꾸는 해맑은 영혼

무지갯빛
꿈이 영글어 가는 길
천진난만
동심의 그 시절
추억이란 흔적으로
가슴에 쌓이는 그리움

꿈길에서도 머물고 싶은
아름다웠던 그 시절에

고향

그대 향기로운 품 안에서
고향의 그리움
잊고 살았네
그대 떠난 후에야

그리움이 가슴에 몰려와
고향은 추억 속에 묻히고

그리움이 잡힐 듯 잡힐 듯
뛰놀던 고향의 옛 동산
아련한 추억 속
고향의 향기는 변함없는데

숨이 멎을 것 같은
그리움으로 내려앉은
외로운 달빛
뉘라서 반겨 맞으리

달빛 적막강산에
풀벌레 울음소리 구슬픈데

소쩍새야 울지 마라
너마저 슬퍼지면
이 마음 어찌하리

아라리 고개

아리 아리
살짝궁 넘는 님의 고개

아우라지 처녀
분홍빛 연정에
고운님 애절한 사랑

풍자와 해학으로
구성진 아라리 가락
한 서린 슬픈 노래
아라리 고개 넘고

날 좀 보소 날 좀 보소
꽃 본 듯이 설레이는
님의 마음에

입 방긋 방긋 피어난 사랑꽃
한 아름 가슴에 안고

한오백년 넘는
님의 고개는 사랑고개
어화둥둥, 아라리요

나룻배

당신은 세월 싣고
바람 따라 물 따라
행복의 언덕으로
흘러갑니다

당신은 세월의 노 저으며
기쁨의 강을 건너
희망봉으로 갑니다

당신은 달빛에 외로워
그대의 모습이
강물에 비쳐지면

그때
당신은 지친 몸으로
눈비 맞으며
아름다운 추억으로
그리움의
세월 속에 잊혀지겠지요

쉼터

달을 품은
은하수계곡 별빛 정원
계수나무 쉼터에
옥토끼와 노닐다
희망의 나라로
떠나가는 하늘 님

맑고 청명한 영혼의 숨소리
대나무 숲 선경
신선 봉황새를 품어
태평성대
신선들의 쉼터가 되고

수많은 꽃 정원
어느 힘겨운 날
향기로움이 찾아와
지친 마음 달래면

여보시게 아름다운 꽃길
사랑의 쉼터에
잠시 쉬어 간들 어떠리

미련

들꽃 바람 불어와
향기 품은 들국화
기다림의 연정으로
보고 싶은 얼굴

은행잎 노랗게 물들면
그리움이 노랗게 찾아오고

황금빛 님의 향기
코스모스 꽃길 따라
추억의 인생길로

풀벌레 소리 은은한 달밤
사랑의 나그네
그리움의 나그네
넘는 사랑고개

님 계신 산촌에
무지갯빛 추억이
그리워지는 것은
미련 미련 때문에

오지

구불구불 먼 산 아래
호롱불에 비쳐진 자화상
힘겨운 삶을 토해내면

희미한 등잔불이 졸고 있는
정겨운 귀틀집 화로에
익어가는 군고구마가 달콤한 밤

촌로의 가슴에는
삶의 무게가 내려앉아

문득 새로 쓸쓸이 찾아오는
소쩍새 울음소리에
외로움이 깊어 가는데

초승달 천사의 미소로
힘겨운 삶에
한줄기 빛이 되면
사람의 온기가 그리워지는 밤
별빛만이 내 친구

오월이 오면

사월의 목련꽃
하얗게 지새우는 밤
순백의 미소로
라일락꽃 향기 품으면

찔레꽃 하얗게 슬픈 꽃은
향기도 좋다오

가슴시린 그 향기로
그리움의 하얀 영혼에
햇살이 눈부시게 비취고

청보리 일렁이는 섬마을에는
하얀 이팝나무 꽃
쌀밥 한가득 담아온다오

아카시아 꽃 향기로움이
하얗게 흩날리며
별빛 강에 고요히 흐르면

물망초 같은 사랑
영원 속에 깊어 가고

모란이 피는 오월은
연인들의 계절이라오

떠나가는 배

태양의 저편에
어둠을 헤치고 솟아오르는
환희의 찬란 빛

희망의 물결로
거친 파도 긴 장막을 거두고
가슴 설레이게 하는
천진난만
영혼이 맑아오는 노을 빛

낭만의 뱃고동 소리에
꿈꾸는 로맨스 연가
파도에 실어
희망의 나라로 떠나가는 배

저 멀리 일렁이는 푸른 파도 넘어
미지의 세계는 나의 고향

갈매기 노랫소리 정겨운
그곳에
파란 꿈을 찾아 떠도는
나는 바다의 나그네라오

대관령 길손

해 거름 녘 고갯마루
길게 누운 노을빛은
달빛에 숨이 차오르고

어둑어둑 정처 없는 나그네
산신령님의 신비로운 길
아흔 아홉 구비 돌아가는 길

추억 한 꾸러미
괴나리봇짐에 메고
옛님이 넘던 고갯길
사연도 많다오

가다가 힘들면
별빛에 길을 물어

옛길 주막
추억의 쉼터에
풍진세상 풍월 나그네
시 한 수에 풍류세월을 낚고

경포 밤바다 갈매기 연가에
뱃고동 소리만 무심하구나

참새의 하루

황금빛 가을 축제에
흥겨운 풍년가

참새 색동저고리 허수아비와
사랑놀이로
게으른 허수아비 깊은 잠

다소곳이 고개 숙인 수수밭
참새열매 주렁주렁 열리면
훠이 훠이 울 엄마 성화에

초가집 지붕 새 이엉
참새 방앗간
옹기종기 모여
새들 즐거운 잔치

서산 붉은 노을빛에
새들 지친 몸 달래이며
반짝이는 별
달빛에 걸어 놓고
황금빛 꿈의 나라로

옥수수 하모니카

수염 할아버지
붉은 입술로 햇빛 입맞춤
옥수수 알알이 영글어가면

고향의 봄
하모니카 서정에
그리워지는 향수
지금도 옛 모습 아련한데

실바람 사그락 사그락
꽃대에 매미 한 마리
맴맴 여름의 노래
옥수수 숲에 숨어들면

아름다운 선율 따라
지친 몸 달래이고

옥수수수염 할아버지
하모니카 소리에 서성이다

울 아가 입맞춤에
꿀맛 같은 달콤함 랄랄라

낭만이 있는 풍경

에메랄드 쪽빛 바다 낭만이 넘치는
경포해변의 아침 바다 수평선 저 너머로
여명의 빛으로 떠오르는 태양빛 노을은
새벽하늘을 붉게 물들이고
푸른 바다 위로 흐르는
황금빛 물결이 우리에게 밀려오면
환희와 형용할 수 없는 벅찬 가슴 긴 여운은
한동안 망부석처럼 새벽을 맞이한다
해변의 연인이 남기고 간 사랑의 발자국 흔적을
푸른 파도 밀려와 부딪쳐 지우며 사라지면
갈매기 떼 찾아와 해변의 낭만을 만들고
해변에 길고 푸르게 펼쳐진 소나무 숲길을 걷다보면
향긋한 솔향기에 몸과 마음이 힐링되고
커피향 진하게 풍기는 어느 조용한 찻집 이층 창가에
홀로 앉아 조용히 흐르는 클래식 음악을 감상하며
멀리 수평선 넘어 일렁이는 파도를 바라보면서
차 한 잔의 낭만에 젖어 아름다운 추억의 생각에 잠긴다

"힐링 되는 감성의 삶은 생각하는 대로 마음먹은 대로
우리 인생은 이루어지고
영원 속 요람에서 영원 속으로 사라지는

그 길을 우리는 오늘도 정처 없이 걷는 인생

잠시 맡겨 놓은 세상 빌려 쓰면서

뭐 그리 아등바등 하시는가

찾아온 삶의 무게가 무거워도

웃음보따리 하나 풀고

너털웃음 한번 크게 웃어보세

세월의 무게로 인생은 그렇게 흘러

여기까지 왔는데

여보 시게 천국이 어디냐고 묻지 마시게

사랑하는 사람들과 행복의 노래를 부르면

여기가 천국일세

천일홍처럼 영원한 사랑으로

가난한 마음 무거운 짐일랑 내려놓고 떠나가는 나그네

청춘이 그렇게 덧없이 흘러간 자리에는

후회만 남는구려

은빛 파도 두둥실 배 띄우면

즐거운 상념의 숲을 벗어나고

찻잔에는 추억이 한 가득 넘쳐흐른다"

아름다운 경포해변과 은빛 물결 밀려오는

호수를 품은

관동팔경 제일 경 경포대에 오르면

멀리 동해바다 통통배 한 척

푸른 파도 헤치며 항구 찾아 들고

은빛 물결 흐르는 호수 위로 갈매기 날으면

호숫가 펼쳐진 소나무 숲에는
아름다운 학의 자태 고고한데
그림같이 펼쳐진 경치는 천하절경이고
향긋한 솔향 가슴 속 스며드는
아름다운 경포대는
서정적이고 몽환적인 낭만이 흐르고
꽃비가 내리는 듯한 벚꽃이 구름 꽃처럼 만발한
화사한 풍경을 가슴으로 맞이하던
추억의 그 시절로 돌아가고 싶은 곳
그곳은 마음의 고향
어디선가 감미로운 가야금산조가 들려올 것 같은
물안개 뽀얗게 피어오르는 낭만의 숲 속 호숫가를 거닐면
싱그러운 풀내음이 온몸을 감싸 안고
이슬을 머금은 새벽 호수는 고요하고 정적이며
수묵화처럼 펼쳐진
호숫가 소나무 숲 저 멀리서 들려오는
산새소리의 여운을 즐기며
흔들리는 의자에 마주 앉은
젊은 연인들 커피 한잔의 추억을 쌓으며
새벽노을 아름다운 풍광에 가는 길 멈추고
그림 같은 절경을 듬뿍 담은 경포호수에는
백조가 한가롭고 넓은 습지에 피어 있는 수많은
연꽃은 맑고 향기로운 꽃으로 피어나
우리들의 마음을 정화시키며
한 폭의 그림처럼 아름답고 청결하다

구름도 쉬어가는 대관령

아흔아홉 구비 고갯길을 굽이굽이 돌아가던

추억과 낭만의 길

그 옛날 데굴데굴 굴러서 내려간다고 하여

대굴령 이라고도 불리웠던 정겨운 옛길을

선비들이 짚신 신고 괴나리봇짐 메고 과거 보러

한양 천리 넘나들었을 애환을 간직한

고갯길 주막집 옛터에는

선비들의 옛이야기만 전할 뿐

지금은 추억 속으로 사라져 버린 지 오래고

그 옛날 추억이 그리운 사람들이

숲 속 정취를 느끼며 길을 오르다 보면

아름드리 소나무 숲 짙은 솔향과

숲속 맑은 공기의 상쾌함은

몸과 마음을 힐링 시키고

이끼 낀 바위 계곡의 흐르는 물소리에

자연과 한 몸이 되어

좁은 오솔길을 따라 정상에 오르면

멀리서 들리는 산새 울음소리

우리들의 지친 몸 피로를 씻어주고

산마루에 걸쳐있는

운무의 아름다운 경치 저 너머로

구름 강 흐르고 흰 구름 흘러가는 곳에

휠릴리 사랑하는 마음하나 담아 보내면

영혼이 맑아오고 형언 할 수 없는

그리움만 쌓이는데 석양빛 나그네는 갈 길이 바쁘고
목동들의 피리소리 메아리로 울려 나오는
알프스의 이국적인 풍경이 그림같이 펼쳐진
넓은 초원의 언덕에는 석양빛 노을 진 하늘에
뭉게구름 곱게 물들어 몽환적이고
저 넓고 푸른 목장 붉은 노을빛에
양떼들 한가롭게 집을 찾아 든다
요들송 메아리와 목동들의 알펜호른 연주의 하모니가
아름다운 영혼의 소리로 은은하게 들려올 것 같은
초원은 평화롭고 고즈넉한 정겨움으로
우리를 포근히 감싸 안는다

최철순의 시집 출간을 축하하며

김청묵

(연세대학교 음악대학 작곡과 명예교수)

창작을 하는 사람에게는 어릴 적의 경험들이 소중한 영감의 소재가 된다. 살아온 환경 또한 정서의 발달과 인품형성에 지대한 영향을 준다.

시인 최철순은 필자와 이웃 동네에서 유년 시절을 보냈고, 초등학교를 같이 다녔다. 매일 같은 농촌 길을 거닐며 자연을 벗 삼았고, 시골 아이들의 투박한 입씨름을 통한 소박한 정서를 공유하였다. 그러므로 그의 혈관 속에는 함께 공유했던 강릉 시골의 자연정서가 고스란히 녹아 있다.

최근 몇 년 동안 최철순은 완성한 시를 필자에게 보내 주곤 하였다. 그의 시를 대할 때마다 시 속에 녹아 있는 시인의 자연 사랑과 순박한 정서에 공감하였고, 어린 시절의 추억들을 회상하곤 하였다.

그가 즐겨 나열하는 경포대, 경포호수, 갈매기 등등의 단어들은 그가 어릴 적 경험한 기억들의 산물이며, 이들 단어를 엮어내는 그의 시구들은 읽는 이에게 소박하고 티 없는 강릉의 멋과 정서를 안겨 준다.

더욱이나 황혼, 여로, 주막, 나그네 등등의 단어들도 쉽게 발견할 수 있는데, 이는 그의 연륜에서 오는 고독감을 짐작하게 해 준다.

작품집을 낸다는 것은 과거의 정리와 새로운 출발을 의미한다. 시인 최철순의 첫 시집 발간을 진심으로 축하하며, 그의 노년 시절의 외로움에 등불이 되어준 시를 더욱 아끼고 즐겨 앞으로 제2, 제3의 시집이 탄생하기를 기대해 본다.